Islamic Folklore Hikayat Wafatnya

Siti Maryam (Virgin Mary) Ibunda Nabi Isa AS

Versi Bilingual

Indonesia Inggris

by

Muhammad Hamzah Sakura Ryuki

2024

Muhammad Hamzah Sakura Ryuki

Publishing

2024

Prologue

Kisah Sejarah Hikayat Wafatnya Siti Maryam Ibunda Nabi Isa AS Bersumberkan Dari Al-Quran Serta Al-Hadist. Edisi Bilingual Dalam Bahasa Indonesia Dan Bahasa Inggris.

The Historical Story of the Death of Maryam (Virgin Mary), Mother of the Prophet Isa AS (Jesus). Based From The Holy Quran With Al-Hadith, Bilingual Edition in Indonesian Languange and English Languange.

Cerita ini dari Wahab bin Munabbih, neneknya Idris, dia mengatakan,"Saya telah menemukan sebagian kitabnya Isa Al Masih. Beliau berkata kepada Ibunya.

"Ibu……sesungguhnya dunia ini adalah kampung yang akan punah, kampung yang akan hilang melayang. Sesungguhnya akhirat itulah kampung yang langgeng. Untuk itu wahai Ibuku tercinta, marilah pergi bersama saya….

This story is from Wahab bin Munabbih, Idris' grandmother, who said, "I have found part of the book of Isa Al Masih. He said to his mother.

"Mother…… indeed this world is a village that will perish, a village that will disappear. Verily, the Hereafter is the eternal home. Therefore, O my beloved mother, come with me." ….

Episode 1

Kemudian Ibu dan Anak itu pergi ke gunung Libanon. Digunung keduanya berpuasa di siang hari dan malam harinya menegakkan shalat malam. Mereka hanya makan dari dedaunan pepohonan dan minum air hujan saja, dan disana mereka tinggal sangat lama.

Suatu hari Nabi Isa AS (Jesus) turun gunung menuju salah satu jurang mencari daun-daunan untuk berbuka puasa bersama. Nabi Isa AS turun gunung meninggalkan Ibunya, ternyata Ibunya didatangi Izrail sang malaikat maut (yang sebelumnya Ibunda Maryam tidak tahu kalau sesosok itu malaikat maut). Malaikat maut itu mendekati seraya berkata salam.

"Assalamu`alaika wahai Ibunda Maryam (Virgin Mary)....orang yang patuh puasa dan shalat pada malam harinya."

Then the mother and son went to Mount Lebanon. On the mountain they fasted during the day and prayed at night. They only ate from the leaves of the trees and drank rainwater only, and there they stayed very long.

One day the Prophet Jesus AS (Isa) went down the mountain to one of the ravines looking for leaves to break the fast together. Prophet Isa AS went down the mountain leaving his mother, apparently his mother was visited by Izrael the angel of death (which previously Maryam' did not know that a figure was the angel of death). The angel of death approached and said greetings.

"Assalamu`alaika, O Maryam (Virgin Mary)....a person who obediently fasts and prays at night."

Episode 2

"Siapa engkau!" jawab Maryam. "Sungguh sekujur badan sangat gemetar karena takut mendengar suaramu dan kewibawaanmu."

"Saya adalah malaikat maut." jawab Malaikat izrail. "Saya tidak mengenal kasihan terhadap anak-anak karena kecilnya, tidak mengenal kata memuliakan terhadap mereka yang sudah tua atau mengenal karena kebesaran dia. Sebab Sayalah yang bertugas mencabut roh."

"Wahai Malaikat Maut.....engkau disini untuk berkunjung saja atau memangnya untuk mencabut roh saya!"

"Bersiap-siaplah engkau mati, wahai Maryam!" tegas Malaikat. "Apakah engkau tidak mengizinkanku, supaya menunggu sampai kedatangan anak kesayanganku, yang menjadi buah hatiku dan penawar atas segala kesusahanku!"

"Who are you!" Maryam replied. "Indeed, my whole body trembles with fear at the sound of your voice and your authority."

"I am the angel of death." replied the Angel izrail. "I know no pity for children because of their smallness, nor honor for those who are old or recognize their greatness. For I am the one whose job it is to take away the spirit."

"O Angel of Death….. are you here for a visit or to take away my spirit!"

"Prepare to die, O Maryam!" said the Angel. "Will you not allow me to wait until the arrival of my beloved son, who is the fruit of my heart and the antidote to all my troubles!"

Episode 3

"Saya tidak diperintahkan untuk itu." tegas Malaikat maut. Dan Saya sebatas hamba yang takluk kepada perintah Allah SWT. Demi Allah SWT Tuhan Semesta Alam, saya tidak akan mampu mencabut nyawa seekor nyamuk pun, kecuali saya sudah diperintahkan oleh Allah SWT. Hal ini supaya Saya tidak menyianyiakan waktu sedetikpun, sehingga saya mencabut rohmu di tempat ini juga!"

"Wahai malaikat maut." Jawab Ibunda Maryam. "Kalau engkau sudah menerima perintah dari Allah Ta`ala, maka tunaikan saja perintah itu. "Maka Malaikat Maut mendekati dia tatkala duduk beribadah, lalu roh Maryam dicabut dan mati.

Nabi Isa AS Al Masih terlambat datang tidak seperti biasanya. Bahkan ia kembali sampai masuk waktu ashar akhir (mendekati magrib).

Dia membawa sayur mayur sekaligus kubis. Setelah meletakkan sayur mayur, kemudian Nabi Isa AS ikut shalat di samping Ibunya sampai larut malam.

"I was not ordered to do that." said the Angel of Death. And I am just a servant who is subject to the commands of Allah SWT. By Allah SWT, the Lord of the Universe, I will not be able to take the life of a mosquito, unless I have been ordered by Allah SWT. This is so that I do not waste a second, so that I take your spirit in this place too!"

"O angel of death." Mother Maryam replied. "If you have received an order from Allah Ta`ala, then fulfill that order. "So the Angel of Death approached her while she was sitting in worship, then Maryam's spirit was taken away and she died.

The Prophet Isa AS (Jesus) was unusually late in coming. In fact, he returned until late asr time (approaching maghrib). He brought vegetables as well as cabbage. After putting the vegetables, then Prophet Isa AS joined the prayer beside his mother until late at night.

Episode 4

Tengah malam sunyi senyap, waktunya berbuka bagi Nabi Isa AS. Dia memanggil halus kepada Ibundanya.

"Assalamu`alaika wahai ibu! Sesungguhnya telah masuk waktu malam, waktunya berbuka puasa bagi orang yang berpuasa, serta waktu tegaknya orang-orang beribadah kepada Allah SWT. Mengapa ibu tidak jua berdiri beribadah kepada Allah Tuhan yang Maha Pengasih!"

(tetapi ibu itu tetap diam dalam duduknya yang disangka terduduk karena shalat yang ketiduran). Nabi Isa AS lantas mengulang perkataan terhadap ibunda.

Midnight was silent, it was time to break the fast for Prophet Isa AS. He called softly to his mother.

"Assalamu`alaika O mother! Verily it is night time, the time to break the fast for those who fast, and the time to stand up to worship Allah SWT. Why don't you stand up to worship Allah, the Lord of Mercy!"

(but the mother remained silent in her sitting which was thought to be sitting because of the prayer that had fallen asleep). Prophet Isa AS then repeated the words to the mother.

Episode 5

"Ibu, sesungguhnya dalam tidur memang ada kenikmatan......." Nabi Isa AS pun lantas berdiri menghadap kiblat beribadah, tidak berbuka karena tidak bersama ibu, tidak berbuka kecuali bersama-sama ibunda.

Mulai timbul keresahan kegelisahan dalam ibadah Nabi Isa AS Al Masih. Dalam keadaan berdiri dan resah gelisah, dia tetap memanggil ibunya.

"Assalamu`alaika, wahai ibunda," Lirih Nabi Isa AS Al Masih, (karena tidak ada sahutan) dia lantas melanjutkan ibadah sampai terbit fajar pagi. Pagi yang agak kelam ini, ia meletakkan pipinya ke pipi ibunya, sambil ia berseru memanggil ibunda disertai tangisan keras kerena ibu disangka tidak beribadah sama sekali. Dia menyeru keras :

"Assalamu'alaika, wahai ibunda! Sungguh malam telah habis dan disambut oleh pagi. Adalah waktu untuk menunaikan kewajiban terhadap Tuhan Yang Maha Pengasih."

"Mother, indeed in sleep there is pleasure…." Prophet Isa AS then stood facing the Qibla to worship, did not break the fast because he was not with his mother, did not break the fast except with his mother.

There began to be restlessness in the worship of the Prophet Isa AS Al Masih. In a state of standing and restlessness, he still called his mother.
"Assalamu`alaika, O mother," said the Prophet Isa AS Al Masih, (because there was no response) he then continued to worship until the morning dawn.

This rather dark morning, he put his cheek to his mother's cheek, while he called out to his mother with loud cries because the mother was thought not to worship at all. She called out loudly:

"Assalamu'alaika, O mother! Indeed the night has ended and is greeted by the morning. It is time to fulfill one's duty towards God, the Merciful."

Episode 6

Seketika itu menangislah seluruh malaikat langit, bangsa jin di sekitarnya, gunung-gunungpun bergoncang, (sebab kerasnya tangis Nabi Isa AS yang tidak mengetahui ibunda telah meninggal).

Kemudian Allah ta'ala mewahyukan kepada malaikat, bertanya:

"Apakah sebab yang membuat kalian menangis!"

"Tuhan kami, Engkau sangat Maha Mengetahui…(apa-apa sebab yang kami tangiskan)".

"Ya, sesungguhnya Aku Maha Mengetahui dan Aku Maha Kasih dan Sayang."

Dalam keadaan seperti itu tiba-tiba ada suara yang berseru kepada Nabi Isa AS Al Masih.

At once all the angels of heaven, the jinn race around him, the mountains shook, (because of the loud crying of the Prophet Isa AS who did not know his mother had died).

Then Allah ta'ala revealed to the angels, asking:

"What is the reason that makes you cry!"

"Our Lord, You are All-Knowing…(what is the cause of our crying)".

"Yes, indeed I am All-Knowing and I am Most Compassionate."

In such a state suddenly there was a voice that called out to the Prophet Isa AS Al Masih.

Episode 7

"Wahai Isa, angkatlah wajahmu. Sesungguhnya Ibundamu itu sudah meninggal dunia kembali ke sisi Tuhan Semesta Alam dan Allah SWT sudah melipatgandakan pahalamu."

Wajah yang masih terangkat kemudian menangis tersedu-sedu sambil merintih sangat dalam....

"Lalu siapa lagi kawanku di saat sunyi! Saat aku sendiri! Serta siapa lagi teman saya bertukar pikiran! Bersendagurau dalam perantauanku! Dan siapa lagi yang membantu aku dalam ibadahku!"

Keadaan seperti ini Allah SWT berfirman kepada gunung "Wahai gunung, berilah Isa nasehat!" gunungpun memberikan nasehat kepada Isa, "Wahai Isa, apa arti kesusahanmu ini! Ataukah Allah SWT, engkau menghendaki agar dia menjadi pendamping yang menggembirakanmu!"

"O Isa, lift up your face. Indeed, your mother has passed away back to the side of the Lord of the Worlds and Allah SWT has multiplied your reward." The face that was still raised then wept bitterly while moaning deeply….

"Then who else is my companion in times of silence! When I'm alone! And who else is my friend to exchange ideas with! And who else helps me in my worship!"

This situation Allah SWT said to the mountain "O mountain, give Isa advice!" the mountain also gave Isa advice, "O Isa, what is the meaning of your distress! Or is it Allah SWT, do you want him to be your joyful companion!"

Episode 8

Berangkat dari nasehat itu, kemudian Nabi Isa AS turun gunung, singgah dari desa ke desa untuk mencari dari kalangan tempat tinggal kalangan bani Isra'il." Nabi Isa AS berkata kepada Bani Isra'il di sana, "Assalamu'alaikum wahai Bani Isra'il."

"Kamu ini siapa!". Jawab mereka. "Sungguh bagus wajahmu sampai-sampai menyinari terang rumah-rumah kami."

"Saya adalah Ruhul Allah, Nabi Isa Al Masih. Dimana ibu telah meninggal dunia dalam perjalanan, tolonglah saya untuk memandikan, mengkhafani dan memakamkan. Dia sekarang ada di gunung sana."

Departing from that advice, then the Prophet Isa AS went down the mountain, stopping from village to village to look from among the dwellings of the Bani Isra'il." Prophet Isa AS said to the Bani Isra'il there, "Assalamu'alaikum O Bani Isra'il."

"Who are you!". They replied. "Your face is so good that it shines the light of our houses."

"I am the Ruhul Allah, the Prophet Isa AS Al Masih. Where the mother has died on the way, help me to bathe, shroud and bury. He is now on the mountain there."

Episode 9

Mereka Bani Isra'il menjawab," Wahai Roh Allah, sesungguhnya digunung tersebut banyak sekali ular-ular yang besar dan hewan ganas lainnya, yang sama sekali belum pernah dilalui oleh nenek moyang kami atau ayah kami sejak 300 tahun yang lalu."

Nabi Isa AS masih memaklumi keadaan mereka. Diapun lantas kembali naik ke gunung tanpa hasil sesuai kehendaknya. (Atas kehendak Allah SWT) beliau berjumpa dengan dua orang pemuda yang gagah-gagah. Nabi Isa AS bersalaman kepada mereka, lalu menyampaikan maksudnya tadi yang tadi gagal.

"Sesungguhnya Ibu telah meninggal dunia dalam perjalanan di gunung ini. Untuk itu tolonglah saya membantu persiapkan pemakaman.". Salah satu seorang diantara laki-laki gagah ternyata menjelaskan :

"Ini adalah malaikat Mikail, dan saya sendiri malaikat Jibril. Dan ini obat pengawet tubuh serta kain kafan dari Tuhanmu."

They Bani Isra'il replied, "O Spirit of Allah, indeed on the mountain there are many large snakes and other ferocious animals, which have never been traveled by our ancestors or our fathers since 300 years ago."

Prophet Isa AS was still understanding of their situation. He then went back up the mountain without success according to his will. (By the will of Allah SWT) he met two young men who were gallant. Prophet Isa AS shook hands with them, then conveyed his intention that had failed.

"Indeed, Mother has died on the way on this mountain. For that please help me help prepare the funeral.".

One of the gallant men explained:

"This is the angel Mikail, and I am the angel Gabriel. And this is the body preservative and shroud from your Lord."

Episode 10

"Sesaat para bidadari cantik jelita dari surga firdaus turun serta membantu memandikan dan mengkafani (jenazah ibunda Maryam). malaikat Jibril menggali kubur di puncak gunung, dan kemudian mereka bertiga menshalati dan mengubur disana.

kemudian Nabi Isa AS Al Masih berdoa kepada Allah ta'ala : "Wahai Tuhan Kami Ya Allah SWT, sesungguhnya Engkau Maha Mendengar perkataanku dan maha Mengetahui dimana tempatku.

Sedikitpun tidak ada urusanku yang tersembunyi di hadapan-Mu. Ibu telah meninggal dunia dan saya tidak mengetahui, di saat ia meninggal dunia, maka izinkanlah dia berkata kepada saya."

"Immediately the beautiful houris of jannah paradise descended and helped bathe and shroud (the body of Maryam's mother). the angel Gabriel dug a grave on the top of the mountain, and then the three of them prayed and buried there.

Then Prophet Isa AS prayed to Allah ta'ala: "O Our Lord, O Allah SWT, surely You are the All-Hearing of my words and the All-Knowing of my place.

None of my affairs are hidden from You. My mother has passed away and I do not know when she passed away, so please allow her to speak to me."

Episode 11

Allah SWT mewahyukan kepada Nabi Isa AS: "Sungguh Aku memberikan izin untukmu".

Nabi Isa AS Al Masih pergi ke pengkuburan Ibundanya. berdiri dekat tumpukan tanah, lantas berkata kepada ibundanya dengan suara lembut sopan.

"Assalamu'alaika, wahai ibunda tercinta…."

Dalam kubur dijawab oleh Ibunya, "Wahai anakku tercinta. kesayanganku dan sebagai biji mataku."

Isa kembali bertanya, "Ibunda, bagaimana engkau dapat menemukan tempat pembaringanmu, dan bagaimana pula keadaan kehadiranmu kepada Tuhanmu!"

Jawab ibunda, "Tempat pembaringanku adalah sebaik-baik tempat pembaringan, tempat kembaliku adalah sebaik-baik tempat kembali.

Dan masalah aku datang menghadap Tuhanku, yang aku tau bahwa Dia menerima dengan rela tanpa ada marah."

Allah SWT revealed to Prophet Isa AS: "Indeed I give you permission".

Prophet Isa (peace be upon him) went to the grave of his mother, stood near the pile of earth, and said to his mother in a soft polite voice.

"Assalamu'alaika, O beloved mother…." In the grave was answered by his mother, "O my beloved son. my favorite and as the apple of my eye."

Isa again asked, "Mother, how did you find your bed, and what is the state of your presence to your Lord!"

She replied, "My bed is the best of beds, my return is the best of returns. And the matter of my coming before my Lord, all I know is that He accepts willingly without any anger."

Episode 12

"Ibunda…" tanya Nabi Isa AS. "Bagaimana engkau merasakan sakratul maut?"

"Demi Allah SWT Tuhan Alam Semesta…!" Jawab ibunda. "Ialah Dzat yang mengutusmu sebagai Nabi dengan sebenar-benarnya, belum hilang rasa sakratul maut dari tenggorokanku, demikian juga kewibawaan menakutkan dari Izrail sang malaikat maut belum sirna dari pelupuk mataku."

(Setelah itu tidak ada lagi yang tercatat dalam percakapan antara ibunda dan anak. Diakhiri oleh Ibunda…)

"Aalaikassalam wahai kesayanganku, sampai jumpa pada hari kiamat kelak"

"Mother…" asked the Prophet Jesus AS (Isa). "How did you feel the sacratul death?"

"By Allah SWT (God)…!" replied the mother. "He is the One who sent you as a Prophet in truth, the taste of death has not disappeared from my throat, nor has the terrifying authority of the angel of death izrail disappeared from my eyes."

(After that nothing more is recorded of the conversation between mother and son. Ended by the mother…)

"Aalaikassalam o my beloved, see you on the Day of Judgment"

Author Bio

The Nameless Titanium Swordsman from Forgotten Land of Illiyin

www.ingramcontent.com/pod-product-compliance
Lightning Source LLC
LaVergne TN
LVHW020143080526
838202LV00048B/3996